AF339107

ANTAR,

OU

LE DERNIER DES BENI-EDDIN.

Opéra en un Acte.

Paroles de M. **Léon TERRIN**.

Musique de M. **Léon PREIRE**.

GRASSE,
IMPRIMERIE DE DUFORT AÎNÈ.

ANTAR,

OU

LE DERNIER DES BENI-EDDIN.

Opéra en un Acte.

Paroles de M. **Léon TERRIN.**

Musique de M. **Léon PREIRE.**

GRASSE,

IMPRIMERIE DE DUFORT AÎNÈ.

ANTAR,

OU

LE DERNIER DES BENI-EDDIN.

NOTICE.

Toutes les tribus de l'ancienne régence d'Alger ont fait leur soumission à la France, ou ont été anéanties.

Une seule, pourtant, résiste encore ; c'est celle des Beni-Eddin. A sa tête se trouve ANTAR, le plus grand capitaine qu'ait produit la Guerre Sainte. Depuis vingt ans, il lutte et combat pour l'indépendance de sa patrie ; mais ses efforts n'ont pu empêcher sa ruine. L'esprit d'Allah n'est plus avec les Fils du Prophète ; ANTAR le comprend ; mais il ne subira pas comme tant d'autres le joug de l'esclavage ; cerné de toute part, il est sans ressource aucune ; les Français lui ont tout pris, jusqu'à sa fille, sa DJIDA chérie, qu'il aime tant.. mais n'importe ! il tentera un dernier effort avec ses compagnons d'armes, et si la fortune persiste à lui être contraire, il s'ensevélira du moins sous les ruines de la Patrie.

PERSONNAGES.

ANTAR, Chef de la Tribu des Beni-Eddin.

KALED, Marabout, ami d'Antar.

OSCAR, jeune Capitaine français.

DJIDA, fille d'Antar,

CHOEUR D'ARABES.

Le Théâtre représente une tente de Chef de Tribu arabe ;
au fond, on aperçoit des armes rangées en faisceaux
que surmonte la bannière des Beni-Eddin.

ANTAR,

ou

LE DERNIER DES BENI-EDDIN.

OPÉRA.

SCÈNE PREMIÈRE.

ANTAR, KALED, LE CHOEUR.

LE CHOEUR

Lorsqu'un sort cruel nous accable,
Elevons nos cœurs vers les cieux,
L'Éternel toujours équitable,
Sèchera les pleurs de nos yeux.

KALED.

Du ciel pour fléchir le courroux,
Prions! Eddin! prosternons-nous.

(Kaled et la Tribu se prosternent).

PRIÈRE.

Allah! Dieu tout puissant du ciel et de la terre,
Ton regard a suffi pour brillanter les cieux,
La force de ton bras est celle du tonnerre,
Sur tes enfants proscrits daigne jeter les yeux.

Kaled, le Chœur.

Hélas! faut-il qu'un Élu du Prophète
 S'incline devant un chrétien ?
 Sois notre appui, notre soutien,
Devant toi seul nous courbons notre tête.

Antar.

Toi que j'aime plus que la vie,
 Patrie où j'ai reçu le jour,
 Mourante, souillée, asservie,
 Allah repousse ton amour.

Pourtant, digne fils du Prophète,
Depuis vingt ans la guerre est mon état ;
Le fier Antar compte ses jours de fête
 Par jours de lutte et de combat.

Mon sanglant cimeterre
Si redoutable aux Francs,
A jonché cette terre,
De morts et de mourants.

Chaque jour de bataille,
Plein d'une noble ardeur,
J'affrontais la mitraille
Et je sortais vainqueur.

Hélas dis-moi, chère patrie,
A quoi t'a servi mon amour?
Malgré mes efforts envahie,
Tu vois briller ton dernier jour.

Le Chœur.

Lorsqu'un sort cruel nous accable,
Élevons nos cœurs vers les cieux,
L'Éternel, toujours équitable,
Séchera les pleurs de nos yeux.

ANTAR.

Allah repousse la prière
De ses enfants les plus soumis;
Vaincus nous mordrons la poussière,
Vainqueurs seront nos ennemis.
Nos enfants, nos femmes chéries,
En vain tendent leurs bras vers nous;
Par les Francs domptés et flétries,
La mort est leur sort le plus doux !

Allah ! Djida, Djida si belle,
Est l'esclave d'un infidèle !
Djida la sœur de tes houris !
Exauce ma voix qui t'appelle,
Mon Dieu, couvre-la de ton aile,
Mieux vaut la mort que le mépris !

Non ma Djida chérie
Ne peut être flétrie,
Pitié ! Dieu tout-puissant !
Ah ! plutôt qu'elle meure!.. »
Pitié ! son père pleure,
Antar pleure du sang !

On entend au dehors l'explosion d'une arme à feu.

ANTAR.

Entendez-vous ? c'est le signal
Qui m'annonce les Infidèles;
Eddin voici le jour fatal,
Mort aux Chrétiens! mort aux rebelles !
Mais si nous devons succomber,
Que ce ne soit pas sans vengeance;
Oui, pour nos adieux à la France
Vengeons-nous avant de tomber !

LE CHOEUR.

Oui la vengeance a des charmes
Pour le Croyant qui va mourir ;
Eddin, mais avant de périr
Il nous faut du sang, aux armes ! !

*Antar et ses compagnons s'emparent des armes, reviennent ensuite
sur le devant de la scène, et, le poignard au poing, la
bannière déployée, ils répètent avec rage et désespoir :*

Oui, la vengeance a des charmes
Pour le Croyant qui va mourir ;
Eddin, mais avant de périr,
Il nous faut du sang, aux armes ! !

*Ils se précipitent ensuite au-devant des Français qui viennent
les attaquer.*

SCÈNE II.

OSCAR, DJIDA.

DJIDA

Le ciel à notre amour réserve un sort prospère,
Tu vois l'humble séjour des aïeux de mon père.

OSCAR.

C'est la tente d'Antar ?

DJIDA.

L'asile vénéré
Du dernier fils d'Eddin.

OSCAR.

Palladium sacré
Où s'est réfugié l'ange de ta patrie.

DJIDA.

Ainsi qu'en un lieu saint tout fils d'Eddin y prie.

OSCAR.

Sous la tente d'Antar si je prie à mon tour.
Pour lui j'aurai d'un fils le respect et l'amour.

DJIDA.

Son cœur aura pour toi les sentiments d'un père.

OSCAR.

Je crains de ne pouvoir apaiser sa colère ;
Djida, je suis Français, bien plus je suis Chrétien.

DJIDA.

Et qu'importe ta foi si Djida t'appartient.

Sans ton bouillant courage,
Je subissais l'outrage,
La honte et le trépas ;
Oscar aussi je t'aime
Autant qu'Allah lui même,
Qui m'attache à tes pas.

OSCAR.

Djida, ma fiancée
Mon âme est oppressée ;
La joie a sa douleur !
Mes yeux remplis de larmes,
En voyant tant de charmes,
Doutent de mon bonheur

DJIDA.

Oscar, doute plutôt de ta propre existence,
Avant de soupçonner mon amour, ma constance.

D U O.

OSCAR.	DJIDA.
Djida, mon bien suprême,	Oscar, mon bien suprême,
Repète-moi : je t'aime.	Je te chéris, je t'aime.
Ce mot remplit mon cœur	L'amour remplit mon cœur
D'une si douce flamme,	D'une si douce flamme,
Qu'il pénètre mon âme	Qu'il pénètre mon âme
Du céleste bonheur !	Du céleste bonheur !

OSCAR.

Non je ne doute plus, tu m'as donné ta foi ;
Malheur à qui voudrait te séparer de moi !

DJIDA.

Oscar, je t'appartiens, si tu vis je dois vivre ;
Meurs, et dans le tombeau je jure de te suivre.

OSCAR.

A tes charmes divins, à ta pure candeur,
Tu joins la force d'âme à la fierté du cœur.
Oh ? que ne suis-je grand, que n'ai-je une couronne,
Des richesses sans fin et la splendeur d'un trône,
Un diadème au front, un brillant nom de roi !
Je te dirais prends tout, grandeurs, titres, richesses,
Mon rang, mon diadème ; on en donne aux Déesses,
Et quelle est la Déesse aussi belle que toi ?

D U O.

OSCAR.	**DJIDA.**
Le cœur d'Oscar, qui t'aime,	Le cœur d'Oscar, qui m'aime,
Sera ton bien suprême :	Sera mon bien suprême :
A quoi sert la grandeur ?	A qnoi sert la grandeur ?
Laisse aux rois leurs couronnes,	Laisse aux rois leurs couronnes,
Aux déesses leurs trônes,	Aux déesses leurs trônes ;
Et ne prends que mon cœur.	Je ne veux que ton cœur.

DJIDA.

De délire et d'amour mes sens sont enivrés,
Et j'éprouve pourtant une douleur amère ;
Oscar, j'ai peur...!

On entend dans le lointain des pas précipités. — L'Orchestre exécute une marche funèbre.

LE CHOEUR (*au dehors.*)

Pleurez, Beni-Eddin, pleurez !
Antar, le fier Antar a mordu la poussière !

DJIDA,

Malgré moi je frissonne ; Oscar , protége-moi ,
Un danger nous menace , il va fondre sur toi.

Elle se jette dans les bras d'Oscar , et y reste jusqu'au Quatuor.

OSCAR.

Ne crains rien sur mon cœur , ma Djida bien aimée ,
Je défendrais tes jours même contre une armée.

SCÈNE III.

(**ANTAR** *blessé mortellement*), **KALED**, **OSCAR**, **DJIDA**,

LE CHŒUR.

ANTAR.

Eddin , console-toi… ma blessure est mortelle ;
Pour moi du paradis les portes vont s'ouvrir.
O Ciel ! Djida ma fille aux bras d'un infidèle..!
Terrassé par le Franc que n'ai-je pu mourir !

QUATUOR

Avec accompagnement de Chœur.

ANTAR.	**KALED.**
Au moment de perdre la vie ,	Au moment de perdre la vie ,
Hélas faut-il que l'infamie	Antar, faut-il que l'infamie
Vienne s'attacher a mon front ?	Vienne s'attacher à ton front ;
Djida fille trop adorée	Si ta fille dénaturée ,
Pourquoi t'es-tu deshonorée ?	D'un vil amour s'est énivrée ,
Mon affront d'Eddin est l'affront	Son sang lavera notre affront.

LE CHŒUR.

Au moment de perdre la vie,
Hélas ! faut-il que l'infamie
Vienne s'attacher à son front !
Djida, fille dénaturée ,

D'un vil amour s'est enivrée :
Que son sang lave notre affront !

OSCAR.

Au moment de perdre la vie,
Hélas ! il croit que l'infamie
Vient de s'attacher à son front.
Antar, que ta fille adorée;
Par toi, soit toujours honorée :
Elle n'a point connu l'affront.

DJIDA.
Elle se détache du bras d'Oscar
Au moment de perdre la vie,
Hélas ! il croit que l'infamie
Vient de s'attacher à mon front.
Mon père , ta fille adorée,
Mérite encor d'être honorée :
Pourrais-je vivre avec l'affront !

KALED.

Par la sainte loi du Prophète ,
Ta fille a mérité la mort ;
Eddin te demande sa tête ;
Antar , prononce sur son sort.

ANTAR.

Des jours d'une fille si chère ,
Je n'éteindrai pas le flambeau :
Moi , son seul appui, moi , son père ,
Je ne puis être son bourreau !

KALED.

Devant Allah, tu vas paraître ;
Antar , redoute son courroux.
Si par toi le crime est absous,
Tu subiras le sort du traître !

DUO.

ANTAR.

Allah , dieu de clémence ,
Préfère à l'innocence
Parfois le repentir.
Kaled, je t'en conjure,
Pour ma fille parjure,
Pitié , je vais mourir.

KALED.

Allah , dieu de vengeance
Punit même l'offense,
Que suit le repentir ;
En vain tu me conjures,
Non , ta fille parjure,
Sous tes yeux va mourir.

ANTAR.

Pour ma fille, pitié!..

KALED.

Non! non!

ANTAR.

Pitié pour moi,
Eddin, oseriez-vous?

KALED *(aux Beni-Eddin)*.

Vous oserez, j'y compte;
Le sang peut seul laver la honte..

ANTAR.

(Ne pouvant sauver sa fille, il tache de la défendre ; mais ses forces le trahissent, il ne peut pas même tirer son poignard).

Que ce sang retombe sur toi!

OSCAR.
(Tenant Djida pressée contre son cœur, et le sabre au poing).

Vous qui menacez notre vie,
Venez, mon bras seul vous défie :
Je puis braver votre fureur :
Quand on est enfant de la France,
Pays de gloire et de vaillance,
On ne connaît jamais la peur!

Les Arabes qui s'étaient rués sur Djida pour la poignarder, reculent épouvantés devant l'audace d'Oscar.

KALED.

Qu'est devenu votre courage!
Beni-Eddin, vous hésitez!..
Je vais donc venger votre outrage.
(Il tire un pistolet de sa ceinture et vise Oscar).

DJIDA
(S'interposant entre Oscar et Kaled).

Arrêtez ! cruel, arrêtez !..

Si l'aimer est un crime
Qui mérite la mort,
Frappez votre victime,
Je subirai mon sort ;
Mais respectez la vie
De mon libérateur :
Au lieu de l'infamie,
Je lui dois mon honneur.

KALED.

Par ton fol amour, énivrée,
Djida, tu veux sauver ce Franc.

DJIDA.

Kaled, ma parole est sacrée ;
Je le jure sur le Koran!..

ANTAR.

Noble franc, si Djida te doit son innocence,
Tu peux tout obtenir de ma reconnaissance :
Que veux-tu ? hâte-toi... je serai mort demain.

OSCAR.

Je veux, Antar, je veux ta fille bien-aimée ;
Djida, du paradis, douce fleur parfumée,
M'a consacré son cœur; accorde-moi sa main.

ANTAR.

Je l'ai juré, je tiendrai ma promesse,
A ce chrétien, ma fille, je t'unis ;
Soyez heureux, enfants, je vous bénis..
Je vais mourir, soutenez ma faiblesse.

(Oscar et Djida soutiennent légèrement Antar.)

ANTAR.

Eddin !.. un jour nouveau vient dessiller mes yeux.
L'Éternel m'apparaît dans sa toute-puissance ;
Qu'il est splendide et grand dans sa magnificence
Une place pour moi s'apprête dans les cieux !...

KALED.

Comment pouvons-nous donc tant tenir à la vie ;
Voyez de quel bonheur notre mort est suivie ?..

ANTAR.

L'existence est pour l'homme un pénible sommeil ;
La mort, sa délivrance, un suave reveil !..

KALED.

Du lion du désert, nous avons le courage,
Nous ne subirons pas le joug de l'esclavage.
De la patrie, Eddin, partageons le cercueil ;
La France admirera notre sublime orgueil.

LE CHOEUR.

Mieux vaut la mort que l'esclavage,
Kaled, nous aurons ce courage.
Allah, pour prix de notre sang
A nos fils rendra la puissance,
A nos déserts l'indépendance
Son antique éclat au Croissant !

*Les Beni-Eddin tirent leurs poignards, et n'attendent plus
qu'un mot de Kaled, pour se frapper.*

ANTAR.

Arrêtez !.. de beaux jours encore,
J'entrevois la naissante aurore.
Pourquoi donc verser votre sang ?
Dieu, par ma voix, vous le défend !
Pour recouvrer votre puissance,
Devenez les fils de la France ;

Eddin, je le crie en mourant.
C'est le décret du Tout-Puissant !

(Il meurt).

LE CHOEUR.

O Ciel! que venons-nous d'entendre !
Antar nous a glacés d'effroi.
Faut-il mourir? faut-il se rendre?
Parle, Kaled, dicte ta loi.

KALED.

Antar en fermant la paupière,
D'Allah, nous transmet les décrets ;
Courbons nos fronts dans la poussière :
Dieu l'ordonne, je me soumets ! .
Au noble étendard de la France,
Eddin, unissons nos couleurs ;
S'il faut perdre l'indépendance,
Partageons du moins ses grandeurs.

TRIO.

KALED, OSCAR, DJIDA.

KALED.	OSCAR et DJIDA.
Plus de haine, plus de colère,	Plus de haine, plus de colère,
A la paix consacrons ce jour;	A la paix, consacrons ce jour;
Acceptons la France pour mère,	Acceptez la France pour mère,
Et donnons-lui tout notre amour.	Et donnez-lui tout votre amour.

LE CHOEUR.

Plus de haine, plus de colère,
A la paix, consacrons ce jour;
La France est pour nous une mère ;
Nous lui donnons tout notre amour.

FIN.